文 **路易絲‧史比爾斯布里** Louise Spilsbury

童書作家,寫了很多很多的童書。她創作的主題非常廣泛,從科學到地理歷史、社會問題、藝術和文化都有涉略。和作家先生以及兩個孩子,在英國德文郡生活和工作。

圖 **漢娜尼‧凱** Hanane Kai

從美國聖母大學畢業後,先從事平面設計,之後追求她的理想──插畫、攝影和微縮模型設計。她用視覺效果來表現自己的觀點,希望透過每張插畫來觸碰讀者,並帶給他們不同的情感或想法。她所繪圖的書 Tongue Twisters,獲得義大利波隆那兒童書展拉加茲童書獎中的「新視野獎」。

譯 **李貞慧**

國立臺灣大學外國語文學系碩士,現任高雄市立後勁國中英語教師。重度繪本愛好者,這些年熱情走在「用繪本翻轉英語教學」及「推廣大人閱讀繪本」的路上。目前已有五百多場「英文繪本親子共讀」與「英文繪本教學」相關場次的演講經驗,另譯有繪本數十冊。

為什麼要遵守規則並負責任？

世界中的孩子 ⑥

文 路易絲·史比爾斯布里
Louise Spilsbury

圖 漢娜尼·凱
Hanane Kai

譯 李貞慧

目錄

世界上大多數的人都是善良且公平的，他們以尊重的態度對待他人及其財物，試著做出正確的選擇。

4

然而，規則能幫助人們做出好的選擇。因為規則是讓我們知道事情應該如何進行的指標，它幫助我們照顧自己和他人，以及生活周遭的環境和事物。

當你獲得一個新遊戲時， 你做的第一件事是什麼？ 相信應該是學會遊戲規則吧！ 因為如果你不了解並遵守遊戲規則， 你就無法享受遊戲的樂趣。 一旦遊戲有規則， 這樣參與的人才能公平的進行遊戲。

想像踢一場毫無規則的足球賽，有些球員可能會用手接球，甚至帶著球跑，而不是用腳踢。一支球隊可能會派出三名守門員，而不是一隊只有一位。沒有規則，球賽就不好玩也無法進行了！

7

很多家庭都有自己的規矩。例如「借東西前要先詢問對方」，這個規則有助大家相處融洽；「或是飯後輪流洗碗」的規定，則意味著家中成員都應該公平分攤家務。

遵守某些家規更可以確保我們的健康及安全。你們家是否有吃飯前或使用完廁所後，要用肥皂洗手的規定？那是因為洗手可以杜絕細菌傳播，讓我們遠離病痛。

父母會訂定家規，老師在學校也會制定許多校規或班規。有時候，同一個群體的成員，會共同決定需要大家一起遵循的規則。

在家中，家庭成員會討論能幫助全家公平分擔家務並相處融洽的各種規則。學校裡，學生也能提出他們自己決定的規則清單。藉由參與協同制定規則，人們往往更能夠遵守這些規則。

關於預防霸凌的校規更是非常重要。這些規定確保所有學生都能感受到安全，並得到公平友善的對待。當我們看到有人遭受霸凌，可以向老師舉發，並提供被害者協助。

你知道學校中所有的校規嗎？例如「準時上課」和「不打斷老師講課」的規定，是為了確保孩子們都有好好學習的機會；至於「小心使用學校財物」的規定，則是提醒所有人設備是大家共用的必須小心愛護。

不同的地方有不同的規則。
在學校，兒童通常被允許在操
場上奔跑；但在游泳池周邊則
禁止奔跑，因為地板可能是溼
滑的。有了禁止奔跑的規定，
大家才不會不慎滑倒受傷。

學校、公園和游泳池等地方通常會公開
列出規則細項。這些規則經常有圖示，好
讓不認識字或是說的語言不一樣的人都能
理解意思。

15

當人們制訂規則時，他們也會決定如果有人違反規則時，應該如何處理。每個人都需要為自己所做的事，以及隨之發生的事承擔「後果」。制訂規則的人，通常會依照當規則被破壞時的對應方式來進行後續處理。

　　因此，如果有人違反了在室內玩球的規定，制訂規則的人可能會把球沒收一天。當學生破壞規則，在上課時聊天，可能必須離開教室十分鐘。有規則，就有違反規則時必須承擔的後果！

法律則是一個國家的人民必須遵守的共通規則。政府立法的目的，應該是要幫助人民擁有更方便和安全的生活。例如，法律規定搭乘汽車要繫好安全帶，同時也要求駕駛員在遇到紅燈號誌前要停車，以便行人通過等。

如果有人違法，可能面臨
嚴重後果。警察會找出違
法者，經由法院審理以決
定如何懲罰他們。法院
可以判決他們繳付罰
款、進行社區服務，
甚至坐牢服刑等。

19

國際法則是世界各國政府在彼此交往中，都同意遵守且具有法律約束力的習慣或條約規則。例如，禁止軍隊強迫十五歲以下兒童參與戰爭，就是很重要的一條規則。

　　大多數國家都會遵守國際法，因為這是共同協商的決議。如果一個國家違反國際法，其他國家會一起討論它應該承擔的後果 —— 可能會派遣代表談判，甚至動用武力迫使違約的國家遵守這些法律。

當規則和法律制定的清楚易懂，對於人們理解各自的責任非常有幫助。所謂的責任，指的是人們被期待做的事或說的話，其中一項重點就是尊重並遵守規則。

負責任並不只是遵守規則，它更像是達成一項任務。因為自己想要完成這項任務而不只是被要求要這樣做。負責任意味著要主動做一些事情，像是整理自己的房間，即使其實不想做也沒有人強迫你做。

霸凌

　　負責任的人會做出承諾並信守承諾。他們會準時出現，並盡全力把事情做好。他們會考慮自己的行為將帶給他人什麼樣的感受。他們不會辱罵別人，因為他們知道那會令人感到難過。

24

負責任的人接受自己的行為
所帶來的後果。 當他們做錯事
時， 會接受指責並設法補救。
如果傷害了別人的感情， 會向
對方道歉以彌補過錯。

每個人都有責任讓居住的社區以及世界變得更美好。可以透過對人有禮貌、親切友善來做到這一點。把垃圾帶回家，以及協助種植花草樹木，將有助保持社區的整潔美觀。

我們也可以幫助有需要的人。例如，替生病的朋友到商店採買物品，或幫忙年邁的鄰居掃落葉、清除路上的積雪或遛狗。能對他人有幫助，會讓你感覺很好；知道自己可以做出貢獻，能讓我們感到自豪。

　　你也可以成為一個主動負責任的人！幫忙制訂家庭和學校規則，並確保能尊重且遵守這些影響你的規則與法律，同時對周遭世界承擔更多責任。

　　你可以和朋友以及家人一起結伴進行淨灘或清潔公園的活動。或是參加一個有趣的跑步活動，來為慈善機構募款。想一想，當需要承擔更多責任時，你會怎麼做呢？

學一學本書中的相關用詞

指責、責任 blame

為了做錯事負責。

法院 court

法官和陪審團決定如何懲罰違法者的地方。

政府 government

一群控制國家且為國家做出決定的人。

社區 community

一群人住在同一個地方。

後果 consequence

由於某人做了某件事而發生的事情。

罰款 fine

法院裁定某人必須支付的一筆錢，作為違法的懲罰。

慈善機構 charity

幫助有困難或有需要的人的團體。

細菌 germs

一種肉眼看不到，需在顯微鏡下才能察覺的微生物，部分會傳染疾病使人生病。

法律 laws

一個國家的人民必須遵守的規則。

尊重 respect

關心他人的感受和意見。

監獄 jail

人們在觸法時有時候會被送去關在裡面一段時間，以作為懲罰的地方。

國際的 international

介於兩個或牽涉多個不同的國家。

本系列與中小學國際教育能力指標對應表

本系列扣合「中小學國際教育能力指標」之學習目標，期待透過本系列的文字及圖畫，孩子、家長及教師能一同探討世界上發生的重大議題，進而引發孩子關懷的心，讓孩子在往後的人生道路中，能夠時時關心這個世界並付出己力。

備註：表格中以色塊代表哪一繪本，並於其中標註頁數

為什麼會有**權利與平等**？　為什麼要**遵守規則並負責任**？　為什麼要**尊重文化多樣性**？　為什麼要**保護我們的地球**？

中小學國際教育能力指標（基礎能力）

目標層面	能力指標編碼與學習內容	本系列相應內容
國際素養	2-1-1 認識全球重要議題	文化多樣性 P4-28　權利與平等 P4-28 規則和責任 P4-28　地球與永續 P4-28
國際素養	2-1-2 體認國際文化的多樣性	文化多樣性 P4-28
國際素養	2-1-3 具備學習不同文化的意願與能力	文化多樣性 P22-28
全球責任感	4-1-1 認識世界基本人權與道德責任	文化多樣性 P24-28　權利與平等 P4-28　規則和責任 P6-7
全球責任感	4-1-2 瞭解並體會國際弱勢者的現象與處境	文化多樣性 P24-28　權利與平等 P4-28　規則和責任 P20-21

中小學國際教育能力指標（中階能力）

目標層面	能力指標編碼與學習內容	本系列相應內容
國際素養	2-2-1 瞭解我國與全球議題之關連性	文化多樣性 P6-10　地球與永續 P4-29 權利與平等 P26-29　規則和責任 P4-28
國際素養	2-2-2 尊重與欣賞世界不同文化的價值	文化多樣性 P4-28
全球競合力	3-2-3 察覺偏見與歧視對全球競合之影響	文化多樣性 P22-28　規則和責任 P4-28
全球責任感	4-2-1 瞭解全球永續發展之理念並落實於日常生活中	地球與永續 P4-28
全球責任感	4-2-2 尊重與維護不同文化群體的人權與尊嚴	文化多樣性 P4-28　權利與平等 P4-28　規則和責任 P4-28

中小學國際教育能力指標（高階能力）

目標層面	能力指標編碼與學習內容	本系列相應內容
國際素養	2-3-1 具備探究全球議題之關連性的能力	文化多樣性 P4-29　地球與永續 P4-29 權利與平等 P4-29　規則和責任 P4-29
國際素養	2-3-2 具備跨文化反思的能力	文化多樣性 P22-27　權利與平等 P26-29　規則和責任 P28-29
全球責任感	4-3-1 辨識維護世界和平與國際正義的方法	文化多樣性 P26-29　權利與平等 P18-29　規則和責任 P20-25
全球責任感	4-3-2 體認全球生命共同體相互依存的重要性	文化多樣性 P18-29　規則和責任 P20-21

（●●知識繪本館）

為什麼要遵守規則並負責任？

世界中的孩子⑥

作者｜路易絲・史比爾斯布里 Louise Spilsbury
繪者｜漢娜尼・凱 Hanane Kai
譯者｜李貞慧
責任編輯｜詹嬿馨
美術設計｜蕭雅慧
行銷企劃｜翁郁涵、張家綺

天下雜誌群創辦人｜殷允芃
董事長兼執行長｜何琦瑜
媒體暨產品事業群
總經理｜游玉雪
副總經理｜林彥傑
總編輯｜林欣靜
行銷總監｜林育菁
主編｜楊琇珊
版權主任｜何晨瑋、黃微真

出版者｜親子天下股份有限公司
地址｜台北市104建國北路一段96號4樓
電話｜（02）2509-2800　傳真｜（02）2509-2462
網址｜www.parenting.com.tw
讀者服務專線｜（02）2662-0332　週一～週五 09:00~17:30
讀者服務傳真｜（02）2662-6048
客服信箱｜parenting@cw.com.tw
法律顧問｜台英國際商務法律事務所・羅明通律師
製版印刷｜中原造像股份有限公司
總經銷｜大和圖書有限公司　電話：（02）8990-2588

出版日期｜2022年10月第一版第一次印行
　　　　　2024年 5 月第一版第二次印行
定價｜320元
書號｜BKKKC221P
ISBN｜978-626-305-306-9（精裝）

訂購服務
親子天下Shopping｜shopping.parenting.com.tw
海外・大量訂購｜parenting@cw.com.tw
書香花園｜台北市建國北路二段6巷11號　電話｜（02）2506-1635
劃撥帳號｜50331356 親子天下股份有限公司

國家圖書館出版品預行編目資料

世界中的孩子 6：為什麼要遵守規則並負責任？路易絲・史比
爾斯布里 (Louise Spilsbury) 文 ／；漢娜尼・凱 (Hanane Kai)
圖；李貞慧 譯 . -- 第一版 . -- 臺北市：親子天下股份有限公司，
2022.10
32 面；22.5×22.5 公分 注音版
譯自：Children in our world : rules and responsibilities
ISBN 978-626-305-306-9（精裝）

1.CST: 社會規範 2.CST: 責任 3.CST: 繪本
541.87　　　　　　　　　　　　　　　　　　　111013206

Children in Our World: Rules and Responsibilities
First published in Great Britain in 2020 by Wayland
Text © Hodder and Stoughton, 2020
Illustrations © Hanane Kai, 2020
Complex Chinese Translation right © 2022 CommonWealth
Education Media and Publishing Co., Ltd.
Complex Chinese rights arranged through CA-LINK International
LLC (www.ca-link.cn)
All rights reserved.

立即購買 >